कविता की यह किताब
अग्रज कवि श्री आलोकधन्वा
को सादर समर्पित

समकालीन भारतीय साहित्य, दस्तावेज़, हंस, वागर्थ, कथादेश, बहुमत, इंद्रप्रस्थ भारती, उत्तर प्रदेश, आजकल, उन्नयन, जनसत्ता, इतवारी पत्रिका, इंडिया टुडे, अमर उजाला, पुनर्संभवा, दिनमान टाइम्स, अष्टाक्षर, दैनिक हिंदुस्तान, फेमीना, जनाधार भारती, स्वतंत्र भारत, नवभारत टाइम्स, राष्ट्रीय सहारा, लोकमत समाचार—इत्यादि पत्र-पत्रिका में इस संग्रह की कविताएँ प्रकाशित हुई हैं। संपादकों का आभारी हूँ।

और

धन्यवाद आदरणीय कवि श्री विष्णु खरे का
कविताओं के चयन और टिप्पणी के लिए!

जीवन का वैविध्य

आज की सार्थक युवा हिंदी कविता की तरह हेमंत कुकरेती की कविता के केंद्र में मनुष्यता है। उनका मानना है कि वे एक मनुष्य हैं लेकिन उसको वो शारीरिकता से नहीं जोड़ते। जो चीज़ नश्वर है वो उनका विषय नहीं है। हेमंत के यहाँ उनके लिए भी सहानुभूति है जो फायदे-नुकसान का ही सोचते रहते हैं या जिनके पास मिलने-जुलने का वक्त नहीं है क्योंकि कवि ऐसा मानता है कि कम-से-कम वे ऐसे लोग तो नहीं हैं जो आदमी को आदमी से दूर रखते हैं। कवि अमानवीयता उसे मानता है जो हमें एक-दूसरे से दूर करने के लिए सक्रिय है। उसे ऐसे लोगों की पहचान है जो डराते हैं, अकेला करते हैं और सिर्फ़ ज़िंदा रखने लायक अन्न-जल देते हैं। जिनका षड्यंत्र यह है कि लोगों को कैसे अलग-अलग रखा जाए।

हेमंत कुकरेती में विशिष्ट मानवीय आत्मविश्वास भी है। उनका कवि अपने को भंगुर नहीं मानता। वह कृतज्ञ है कि उसके आदमी बनने में बहुत लोगों ने अपना काफ़ी कुछ खर्च किया है। लिहाज़ा ऐसे आदमी को आसानी से खत्म नहीं किया जा सकता।

आज की युवा कविता में कहीं-कहीं जो एक पराजयवाद या कातरता आ जाते हैं; इस कवि के यहाँ न सिर्फ़ उनका अभाव है बल्कि उसके पास यह कहने का जिग़र है कि उसके लिए 'प्रेम खून की तरह बहा है' और एक सशक्त कवि ही कह सकता है कि वह 'समय का पहिया' और 'धरती की साँस' है। 'जो मुझे मारने की सोचेगा वह नष्ट हो जाएगा'—खुद को ठीक से पहचानने के बाद ही ऐसी पंक्तियाँ संभव हैं।

अपनी कविताओं में हेमंत कुकरेती अक्सर कुछ ऐसी आत्मविश्वासपूर्ण बातें करते हैं जो शायद कुछ दशकों पहले एक खास किस्म की प्रगतिशील कविता में इस ढंग से आती थी, जिस पर विश्वास नहीं होता था लेकिन जब हेमंत कुकरेती

कहते हैं कि 'आग किसकी चिंता में जलती है', 'किस दिशा की दोस्त है हवा'; या 'विस्फोट के बाद जो दुनिया बनेगी उसका पहला आदमी मुझे माना जाए'—तो यह एक बिल्कुल अलग ढंग की आशा और सच्चाई का स्थापन लगता है। तब यदि कवि कहता है कि 'मेरे लिए तो वह सृष्टि का आरंभ' है तो इसमें कोई बड़बोलापन या अतिरंजना नहीं लगती बल्कि इस किस्म का खुद पर गहरा यकीन न केवल छुतहा लगता है और आज के ज़माने में नई आस्था की कविता कैसे लिखी जाए इसकी दिशा भी प्रदान करता है। ऐसा कवि ही निःसंकोच पृथ्वी को नमस्कार कर, इंसान को बड़ा बना देता है तथा सूर्य, चांद, सागर, आग मुहैया करवा सकता है। अंत से अनंत तक पहुँचने का संकल्प कर सकता है क्योंकि ऐसा करने से ही बेहतर जीवन संभव होगा। यदि इसके बाद भी कोई कठिनाई बची हो तो यह कह सकता है कि 'आखिर मैं किसलिए हूँ।'

इन कविताओं में जीवन का वैविध्य बिखरा हुआ है। इनमें अपने निजी जीवन और अतीत के बहुत सारे चित्र तो हैं लेकिन वहाँ भी शुद्ध वैयक्तिकता नहीं है। हेमंत की कविताओं में निजीपन कब सार्वजनिकता में बदल जाएगा और सार्वजनिकता कब निजीपन हो जाएगी—यह कहना बहुत कठिन है। 'रास्ता किधर है' सरीखी कविता एक निजीपन से शुरू होती है लेकिन धीरे-धीरे वह अपने समकालीनों और अपने इतिहास तक पहुँच जाती है। हम स्वयं से प्रश्न करते हैं कि यदि अपना रास्ता नहीं तलाश करेंगे—तो बचेंगे कैसे ? यह आकस्मिक नहीं है कि इस कविता के दो केंद्रीय मुहावरे रघुवीर सहाय के लेखन से आते हैं लेकिन इस कविता में वे रघुवीर सहाय के रास्ते से आगे पहुँचते लगते हैं।

इसी तरह 'ईश्वर की बातें' रचना में ऐसा लगेगा जैसे कि ईश्वर की प्रकृति और उपस्थिति पर कोई दार्शनिक विमर्श होगा लेकिन ईश्वर से शुरू होने वाली यह कविता धीरे-धीरे हमारे घर-परिवार-पिता-माँ-बहनों-भाइयों भूख और रोटी तक पहुँचती है। यह कविता ईश्वर को उस तरह कटघरे में नहीं खड़ा करती जैसे कि रुढ़ि बन गई है लेकिन धीरे-धीरे वह ईश्वर की प्रवृत्तियों की सही-सही शिनाख्त कर देती है। इस कविता मे जरिए ईश्वर एक परिचित-सी चीज़ में बदल जाता है और कविता के अंत तक उसका सामाजीकरण और पार्थिवीकरण तक हो जाता है। इस तरह यह कविता हमें ईश्वर के किए-धरे को ज़्यादा समझने और उसका ज्यादा मुकाबला करने में समर्थ बनाती है।

हेमंत कुकरेती की कविता 'सहारा' में एक अद्‌भुत पंक्ति आती है—'कई करोड़ रहस्यों से बुनी यह दुनिया मेरे जीवन से बड़ी नहीं हुई' आज की हिंदी कविता में इस तरह की दूसरी पंक्ति ढूँढ पाना मुश्किल है। एक ओर हम आज

की कविता में और स्वयं हेमंत कुकरेती की कविता में विस्तीर्ण होती हुई ब्रह्मांडीय दृष्टि पाते हैं। सृष्टि का यह अहसास इतना बड़ा और विराटकाय है कि उसके आगे मानव-मात्र एक धूल के कण से क्षुद्र होता नजर आता है। ऐसे में अपने जीवन को कायनात से बड़ा मानना दरअसल मानव के अस्तित्त्व में अपनी गहनतम आस्था रखने का प्रतीक है। यही चीज़ उन कोशिशों के केंद्र में होनी चाहिए जो सारे ख़तरे उठाकर मानवीयता को बचाए रखना चाहते हैं। क्योंकि यदि आप अपने जीवन यानी मानव-जीवन को कायनात से बड़ा नहीं मानेंगे; आपमें सृजन की तो क्या जीवित रहने तक की इच्छा नहीं बचेगी। यही तो पैशंस है जो हेमंत कुकरेती जैसे कवि को मानव जीवन की सारी सिम्तें देख पाने या देख पाने की उत्कंठा रखने में सक्षम बनाती हैं। उनका अपने पहाड़ों-स्मृतियों में लौटना इसी का एक हिस्सा है। यह उनकी मूल पक्षधरता, जीवन के प्रति ललक, प्रेम और वह महत्त्वाकांक्षा है जो हर बच्चे की एक नया बस्ता चाहने में है।

जीवन केंद्रीय महत्त्व का है और जो भी तत्त्व जीवन को बनाते हैं जिनमें कीड़े, बूढ़े, चारपाई, संग्रहालय, अलमारी, पेपरवेट, तांगे में जुता घोड़ा या कोई खेल–यह सब शामिल हैं।

हेमंत कुकरेती के यहाँ सामान्य या कमज़ोर कविताएँ नहीं के बराबर हैं। और यह देखकर आश्चर्य होता है कि उनकी लगभग हरेक कविता अपने लिए एक आदर्श-शिल्प और भाषा लेकर आती है। भाषा के कई स्तर उनके यहाँ हैं। कभी वह एकदम बोलचाल की भाषा हो जाती है तो कभी सांस्कृतिक रचाव-बसाव से समृद्ध भाषा, कभी उसमें दिल्ली सरीखे महानगर के शब्द प्रवेश करते हैं तो कभी वे अपने बचपन और अपने अंचल के देशज शब्द ले आते हैं। जो बात हमेशा चकित करती है वो यह है कि हेमंत की कविताओं में अनेक अप्रत्याशित विषय तो आते हैं लेकिन उनके लिए कवि कोई बौद्धिक या भाषिक कलाबाजी या प्राणायाम नहीं करता। उनकी कविता का कथ्य हमें लगातार अटकाता है, सोचने का स्पेस देता है। इसके साथ ही भाषा और शिल्प के स्तर पर इतना साफ़-सुथरापन, पैनापन बहुत कम कहीं और नज़र आता है। यह तराश तब तक नहीं आ सकती जब तक कि कविता और जीवन के ध्येय तथा उद्देश्य को लेकर आपका दिमाग़ साफ़ न हो।

जिस तरह से अंतरंगता से व्यापकता तक हेमंत जाते हैं, उससे उनके विलक्षण और प्रखर काव्य-सामर्थ्य का पता लगता है। उनकी शायद ही कोई कविता हो जिसमें देने के लिए कुछ नया, अप्रत्याशित या सार्थक न हो। वे हिंदी के उन कवियों में से हैं जिनकी संपूर्ण कविता पर बहुत कुछ कहा जा सकता है और

एक-एक कविता पर भी। इसका कारण यही है कि उनके पास वो है जिसे हम किसी अन्य उपयुक्त मुहावरे के अभाव में प्रबुद्ध समष्टि चेतना कह सकते हैं। ऐसा कवि हमेशा देखते-सोचते और रचते समय भाव-विचार, कथ्य और रूप की दृष्टि से ग्रहणशील और सजग रहता है। हेमंत कुकरेती की कविताओं को पढ़ना जीवन को पढ़ने का ही एक दूसरा तरीका है।

–विष्णु खरे

अनुक्रम

सबसे पहले

मैं एक मनुष्य हूँ
शरीर के लिए मेरा जन्म नहीं हुआ
जिसका नष्ट होना तय है वह मेरी इच्छा क्योंकर होगा

हिमालय होना चाहता है कोई
कोई हवा को बाँधने का दावा करता है
मैं स्वयं एक दिशा हूँ
मैं उन सबको दिखता हूँ जो मुझे देखते हैं
जो घर की तरह खुले हैं
मैं उन्हें याद करता हूँ जहाँ तमाम रास्ते बन्द हो जाते हैं
इस तरह मैं मुक्त होता हूँ

मेरी दीवारें नहीं हैं
जो अपने दरवांजों से दुनिया से जुड़े हैं
मैं उनकी खिड़की से धूप के साथ खुलता हूँ
जिनके पास समय नहीं हैं जो कहीं जाने से डरते हैं कि
लौटेंगे कैसे इतनी दूर से
जो किसी से मिलने के फायदे-नुकसान सोचते हुए
अपनी गुफा के द्वार पर चट्टान की तरह जड़े रहते हैं
मैं उन्हें भी मनुष्य समझता हूँ
मेरी नजर में वे उनसे अच्छे हैं
जो मनुष्य से मिलकर उसे मनुष्य से दूर करते है।

मैं मनुष्य से मनुष्य की तरह मिलता हूँ
उस शरीर के साथ जो बाद में भी दूसरों में जीवित रहेगा

हमें दूर करने के लिए

सब मिले हुए हैं
जैसे शरीर के हर हिस्से में
उसे नष्ट करने वाले कारक आपस में मिले रहते हैं

अकेला करने के बाद डराते हैं
और कभी डराकर करते हैं अकेला
वे चोरी नहीं करते घर में हमारी जगह रहते हैं
सुई तक नहीं छूते
क्योंकि बाद में सब चीजों के साथ वह भी उनकी ही होगी

वे जिन्दा रहने लायक अन्न जल देते हैं हमें
कि हमारे अभी मरने से सब चीज़ें नहीं मिलेंगी उन्हें

जिनसे दोस्ती थी वे एक-एक करके हटा दिए गए
जो डराते थे उन्हें दोस्तों की तरह मिलवाया जा रहा है
इन्हें भी एक दिन मार दिया जाएगा
अभी तो हमारी आदतें सीख रहे हैं
नकल करते-करते जब वे सचमुच हमारे नजदीक आ जाएँगे
उन्हें कितनी दूर करना है यह भी सोचा जा चुका है

अभी सब मिले हुए हैं हमें अलग-अलग करने को
जब हम टूट नहीं सकेंगे ये सब चूर-चूर हो जाएँगे

मैं धरती की साँस

मुझे बनने में बहुत समय लगा है
कई आदमी खर्च हुए हैं मुझे पूरा करने में
ऐसे ही कैसे नष्ट कर सकते हैं आप

आप मुझे कीमती समझते हैं तो मुझे आपसे भी डरना चाहिए
मौका देखकर खरीदने से पहले ही आप मेरा सौदा कर लेंगे
आप मुझे बेकार समझते हैं यह भी मेरे लिए ख़तरनाक है
जिन्दगी को आपने भले ही तमाशा बना दिया हो
पर मैं आपके समय गुजारने का मज़ाक नहीं बन सकता

मैं किसी मिट चली सभ्यता का भगोड़ा नहीं हूँ कि
आपकी बिगड़ी हुई नस्लें मुझे चुनौती की तरह ले
और अपने ईश्वर के आले में सजाकर
अपनी पीली पोथी में मुझे मरने के लिए छोड़ दें
मैं आपकी भक्ति का अर्थ समझता हूँ
और नकारता हूँ आपकी करुणा को
आप मुझे भोग लगाएँगे तो ईश्वर तो बच जाएगा
आपके पालतू चूहे मेरा अँगूठा कुतर कर ले जाएँगे

आप मुझसे घृणा नहीं कर सकते
मेरे लिए प्रेम खून की तरह बहा है
और उन सबसे लड़ा है जो मेरे साथ नहीं हैं
मैं समय का पहिया हूँ जिसके नीचे पृथ्वी ऊपर है आकाश
जिसके चलने से नदियाँ जल से छलकने लगती हैं
और सुरक्षित रहती है सृष्टि की आग

मैं साँस हूँ धरती की
जो मुझे मारने की सोचेगा नष्ट हो जाएगा

काली दीवारों वाला घर

मन के कोने पर खड़ा वह घर था खूब बड़ा
पुराना था इतना कि डर था लगता
सुना कि वह नरक था
वहाँ ईश्वर था अकेला रहता एक दिन जाने कहाँ गया

फूल थे और हवा थी गूँजती
आक का जंगल सिर पर उगाए उस घर के दक्षिण में
एक मूर्त्ति थी लाल पथर की
वह यक्षिणी थी कोई प्राचीन दन्तकथा में रोने से बचती
घर वह उसका संग्रहालय था

देवता के पूर्वज उसकी मिट्टी उठा लाए
और रह गए वहीं कहीं
लड़ते-झगड़ते उन्होंने बाँट लिया
यक्षिणी का अंग-अंग आपस में

बचपन का बचा हुआ वह काला घर
अब मिट्टी हो गया होगा
छीज गई होगी उसकी परछाई

देवताओं के दूसरे शाप में भटक रही होगी यक्षिणी...

जो रक्त मुझमें बह रहा है

जो रक्त मुझमें बह रहा है
खूब भटकने के बाद यहाँ बसा है

प्रेम के जन्म
और घृणा के विकास के बीच संघर्ष की सदियाँ गुजरती गईं
यहाँ वहाँ जाने कहाँ-कहाँ गिरकर उठा मेरा रक्त
मैं यह नहीं कहता कि यह सदा सन्त रहा
हिंसा की हद तक विनम्र यह उद्दाम भी हुआ
और मानव शरीर की बेचैन शिराओं से
यह पारे की तरह गिरा

जिन्हें लोहा खाने की आदत थी उन्हें भी इसने तृप्त किया
जुल्म ने इसे लड़ाकू बनाया दुखों ने सहनशील
सभ्यता की तरह प्राचीन यह संस्कारों की
जटिलता से बच कहाँ सका
शास्त्र की चिकनी मिट्टी की जगह
धरती की तद्‌भवता इसे अच्छी लगी

अतीत इसे डसता रहा
यह अनागत का शरणागत नहीं हुआ
जो भी हुआ अपने समय में हुआ

मैं इसकी यायावर या अप्रवासी होने की इच्छा क्यों करूँ
यह जहाँ है जरूरी है इसका वहीं गिरना

इसे आत्मा न कहकर कहता हूँ लहू
और हो जाता हूँ अमर

समय के संग्रहालय में

एकान्त के इस संग्रहालय में जब कोई नहीं होता
हमारी परछाईयाँ गिरती हैं
रात को दूर से आती है समय के चलने की आवाज
हम छटपटाकर अपने मरण में लौट आते हैं

हमें कुचलता हुआ अपनी गुफ़ा में धँसता है समय
धूल और गर्मी से झुलसकर वह हमारा चेहरा बदल देता है।
सामूहिक हत्याकाण्ड रचे जाते हैं इतिहास में

हम भूलते नहीं हैं अपने बचपन का नाम
वह लिपियाँ जिनमें हमारे जन्म कहे गए थे
उन चित्रों को अपनी आँखों से निकालकर दीवारों पर उकेरते हैं
जिनमें उल्लास दर्ज़ है हमारे मिलने का

जीवन में वे लोग कम नहीं हैं जो जीवन से उकताए हुए हैं
अपने सुखों के आगे
वह हमारे जीवन को कठिन कर देते हैं
अपनी दीवारों में सुरक्षित रहते हुए देखते हैं
हमारे अन्तहीन दौड़ते जाने को

हम उनसे नहीं डरते
इन्तज़ार करते हैं यह दिन बीते ऐसे कि
समय की हत्य से बचकर हम
खुद को दुबारा जन्म दें

उसके लिए भी नहीं

मैं नहीं चाहता कोई मेरे लिए रुका रहे
क्योंकि मैं किसी के लिए कभी नहीं रुका

जब भी देखा अपने थके पैरों को पास पाया अपने
जिनके तलुवे पिघल रहे थे
नसें ऐंठकर गुँजल हो गई थीं
वही थे मेरे साथी जो जागने पर भी साथ होते
और वही थे जिन्हें मैं नष्ट करता था अपना समझकर

जिसे साँस लेना कहते हैं मैंने पाया कि
वह थकान फेंकना है
हाँफती हुई धमनियों की भट्टी में झुलसी वह हवा
मुझे लगातार कम होने का डर दिखाती रही

किताबों में चमकीले कीड़े पलते हैं दीवारों पर मकड़ियाँ
इस भटकती हुई पृथ्वी पर
मैं अपनी धुरी के लिए भटकता हूँ
कीड़े की तरह रेंगता हूँ हवा की तरह झपटकर
सवारी करना चाहता हूँ समय की

आग किसकी चिन्ता में जलती है किस दिशा की दोस्त है हवा
पानी आकाश के साथ है या पृथ्वी के लिए बहता है वह
मेरे लिए तो यह सृष्टि का आरम्भ है
मैं रुक कैसे सकता हूँ

विस्फोट के बाद जो दुनिया बनेगी उसका पहला आदमी मुझे माना जाए
मैं नहीं चाहूँगा

मैं तो उसके लिए भी नहीं रुकूँगा

आदमी की कीमत

सोचो तो कष्ट होगा पर सच यही है कि
हम थूक और राख से बने हैं
हमारी योनि गुणसूत्रों ने तय की है

सोचो तो समझ आएगा
हम हजार योजन एक साँस में
तय करते यान नहीं हैं
घोड़े हैं जंगली
हमें घास चरने
छोड़ दिया गया है पठारों में

क्लोरोफॉर्म की गन्ध से बोझिल हैं
हमारी साँसें
देखते जाओ आनेवाला समय हमें
बन्दर और गरुड़ के सहवास से
जन्म देने वाला है

हमारी नसें ठीक व्यवस्था में होती
तो बाँधकर फेंक देते हम
पृथ्वी को समुद्र में
लेकिन हमें तो जैसे भी बन पड़े
भरनी है बड़ी आँत

हमारा प्रेम दैहिक हलचल के अलावा
और क्या है?

उसके बग़ैर, मरने से बचने के लिए
क्या यह ठीक है कि दिमाग़ को हम
अलकोहल में डूबा दे?

सोचने से पाप नहीं लगता
मिलता है साहस
यह जान लो कि हमारी देह में
जितना मसाला है उसकी कीमत
केवल एक वक्त की रोटी है

कवियों के बारे में

कवियों के बारे में कोई कविता
सारा कुछ नहीं बताती
जैसे शब्दों के सिलसिले में
अधूरे हैं तमाम शब्दकोश

कवि मुश्किल से खुलते हैं
उन्हें अपनी आँखों की तरह खोलना चाहिए
भीड़ में वे रूठे हुए मिलते हैं
बेहद चुप!
अकेले में उनसे मिलो तो कम नहीं होती
उनकी बेचैनी

कुछ ही होते हैं ऐसे कवि
जिन्हें सँभालकर रखना चाहिए
फिर भी वे ज्यादा देर तक नहीं बचते
कई कवि
अन्य कारणों से कवि कहलाते हैं
उन्हें पहचानकर उनसे बात न करो तो
समाज का स्वास्थ्य ठीक रहता है

शब्दों की रोटी खाते हैं कुछ कवि
कुछ शब्दों का संहार करते हैं
चमकदार बातें करने वाले ऐसे कवि
अपने आप ही भुला दिए जाते हैं

अपनी कविता को लेकर वाचाल कवि
अक्सर आलोचक हो जाते हैं
उनका मुहावरा उनके फोन-नम्बर से
समझ आता है

हमारे समय में जन्म-स्थान से तय होता है
किसी का कवि होना
ऐसे में जो कवि यह नहीं सोचते कि
महान् होने के लिए उन्हें कहाँ मरना चाहिए
वे चुपचाप लिखते हैं जीवन की कविता
वही करते हैं शब्दों के द्वारा बड़ी लड़ाई सम्भव

कवियों के बारे में
कोई पूरी तरह नहीं जानता
ऐसे कवि इसे जानते हैं और लिखते हैं

बारिश के पेड़

पतझड़ मे बारिश पेड़ों की स्मृति में
उस रिमझिम का नाम है
जो घुला रही है उनका रंग

पीली दीवारें पेड़ों की भीगी हुई काँपती हैं
अँधेरे की नमी पहुँचती है उनकी जड़ों तक
और मीलों दूर हवा में छोड़ती है कच्चा हरा प्रकाश

पेड़ों के लिए अपने शरीर पर हँसना थोड़ा आसान है
बदलते हुए वह बदल रहे होते हैं उस पूरे दृश्य को
जिसके हाशिए पर उनके गिरते हुए पत्ते
खुद को गलने और मिट्टी बनने के लिए छोड़कर
मुक्त कर देते हैं उन्हें मृत्यु के कसाव से

यही जीवन है

हवाएँ धूमिल होकर लाल कर देती हैं
आकाश के कान
पृथ्वी सूँघकर पहली बूँद की गन्ध
फिर बच जाती है

अपनी ही जगह पर भटकने वाले पेड़
भूल जाते हैं अपने पैरों की जलन
बोलने लगती हैं अब तक चुप रही शाखाएँ
बूँदों की तालियों की लय में झूमने लगता है क्षितिज

पानी का अर्थ वह क्या समझेगा
जिसने आग नहीं पी कभी

पेड़ ही हैं जो बारिश का अर्थ व्यर्थ नहीं होने देते

पृथ्वी को नमस्कार

मैं पृथ्वी को नमस्कार करता हूँ
जो पृथ्वी से शून्य हैं
कामना करता हूँ कि वे
मिट्टी की कद्र करेंगे

जिनके सिर पर नहीं है आकाश
मैं उनके लिए छत चाहूँगा
अपने हिस्से के सूर्य और चाँद
तान दूँगा कि रहो आराम से

जिन्हें नहीं मिलता पानी
बचाऊँगा उनके लिए
रोज अँजुरि भर जल
वह सागर ले जाऊँगा उन तक

हवा जिन दिशाओं का नाम है
कई नहीं जानते उन्हें
उनके लिए मैं हथेली पर
पौधा लगाऊँगा

जिनके चूल्हे ठण्डे हैं
आग माँगूँगा उनके लिए
काठ से

मैं जा सकता हूँ

पृथ्वी से आकाश
अन्त से अनन्त तक
मैं जा सकता हूँ कि मनुष्य हूँ मैं

ऐसे ही सम्भव होगा जीवन
फिर भी कोई मुश्किल पड़ी तो
मैं किसलिए हूँ

तसवीर मोमबत्ती की

मोमबत्ती की तसवीर उतनी अच्छी नहीं थी जितना उसका जलना
जलने में पिघलना और कम होना साफ़ है
माँ की चूड़ी से गोल घेरा बनाती बेटी ने कहा
मोमबत्ती के पीछे अँधेरा भी बनाना है
काग़ज पर बनी मोमबत्ती डरकर पिघलने लगी

देह नहीं मिली उसे कि ठीक से कर सके अपने काम
धुएँ में बसी आत्मा उड़ती है
लौ छटपटाती है आखिर में जब

जलते हुए सूर्य का चित्र रंगों का दाहक इस्तेमाल है
दूधिया रोशनी बिजली की, घरेलू अनुभव
अँधेरे में मोमबत्ती का थरथराना उजाले में बदलना है
नष्ट होते जाने का अर्थ नहीं है मिट जाना
अपने नष्ट होने में वह अकेले नहीं मिटती
मारती है अँधेरे को भी
देर तक उठती रहती है उसकी चमकती हुई गन्ध
पिघलने के देर बाद तक बचा रहता है उसका होना

चित्र में अँधेरा भी रहेगा मोमबत्ती के साथ
सन्नाटे में दिपदिपाती रहेगी लपट
लरजते रहेंगे उजले रंग
रंग पहचाने जाएँगे अपने विरोध में
और मिलने में खुद को मिटाते हुए अलग होंगे उनके अर्थ

काग़ज पर गहरा रंग काला ही होगा
समेटता हुआ कंपकंपाते हुए रंगों को
अँधेरे के ठीक बीच में फिर भी सुलगते रहेंगे
कुछ और रंग
अपनी तसवीर से बाहर
करते हुए दी हुई देह से बड़ा काम

अँधेरी हँसी

अँधेरे की सीढ़ियाँ उतरकर मैंने अँधेरे को पिया
अँधेरे से डरता हुआ मैं अँधेरे से होकर
अँधेरे से घिरे एक घर में गया

अँधेरे के कपड़े पहने अन्धकार युग के लोगों ने मुझे देखा
और अँधेरे की भाषा में पूछा कैसा लग रहा है अन्धकार
उनकी आत्मा से झर रहा था अँधेरा
मुझे अँधेरे में लपेटता हुआ

वह कौन है जो उजाले में छिपा रहता है
और हमारी दीवारों पर लिखता है अँधेरे की इबारत

मैंने देख लिया उसे
उसकी शक्ल हमारी जैसी थी
वह फैला रहा था अन्धकार अँधेरी हँसी हँसते हुए

रास्ता किधर है

अब मैं खुद से ज्यादा बातें नहीं करता
अकेले में बावला होने की यह आदत भारी लगती है
मैंने उनका हश्र देखा जो इसको पालते थे
उनका जहाँ तबादला हुआ जीवन भर वे जीवन को गलाते रहे

जब ज्यादा बेचैनी होती है मैं अपने घर से बाहर भागता हूँ
मेरा नगर यहीं तक है
उनके नरक में जोर से साँस लेने के बाद
मैं ऐसे चलता हूँ कि मुझे खदेड़ दिया गया हो
अभी न मेरी हत्या हुई न पागल करार दिया गया
यह बदला हुआ शौक जाने क्या बनाकर छोड़ेगा

मैं एक बूढ़े से पूछता हूँ जिसके अनुसार
उसे इतिहास में गए कई वर्ष हो गए
वह उन कई वर्षों से बाहर आकर प्रेमपूर्वक सुनता है मेरी समस्या
और मेरी बात खत्म होते न होते उस अँधे कुएँ में कूद जाता है
जहाँ से उसे आया बताते हैं

मेरे समकालीन जब मेरे बारे में धार्मिक विचार रखते हैं
तो उनसे पचास वर्ष तक पूछना बेकार है कि
तब वे मेरे नाम का कीर्तन करने लगेंगे
या कहेंगे मुझे पहली बार देख रहे हैं

अब मैं खुद से न पूछूँ कि रास्ता किधर है तो बचूँगा कैसे?
यह व्यापार ऐसी क्रिया है जो आत्महत्या से रोकती है
जबकि यहाँ हत्यारे जीवित हैं
और पागलों के सिवा कोई हँस नहीं सकता!

कथा

वह एक औरत थी
हर औरत की तरह
उसकी राख में आग ज्यादा थी

उसकी हँसी एक चिंगारी थी
और चुप रहना विस्फोट का इशारा
पता नहीं हमारा क्या रिश्ता था
कि हम दोनों से ही डरते थे

हम सब जानते थे कि
उसने प्रेम किया
और सुख ढूँढने लगी उदासी में
यह आदत उसे
जिस औरत से मिली थी
वह रिश्ते में उसकी माँ थी

इस विरासत को उसने बखूबी सँभाला

विवाह उसका होना ही था
क्योंकि यह आदत
उसके पिता ने अपने पिता से सीखी थी

माँ बनना और बच्चों को बड़ा करना
समाज में छूत की तरह फैला था
वह भी कैसे अछूती रहती

वह औरत इन सब आदतों को ढोती हुई
जब एक दिन मर गई
आदत के अनुसार
एक दूसरी औरत ने हँसी-खुशी कहा
कि सुखी मरना नहीं है
औरत के भाग्य में...

ईश्वर की बातें

हम सब अकेले हैं ईश्वर जिसे कहते हैं
उसके पास देने के लिए क्या है कि
सिर झुकाने और हाथ पसारने के लिए उसने
हमें अकेला फेंक दिया

उसने पिताओं को गरीब बनाया
और माँओं को कमजोर

बहनों को बीमारियाँ दी
और भाइयों को दिए नहीं काम

उसकी दी हुई दुनिया में भूख कभी नहीं मरती
हमेशा कम पड़ जाती हैं रोटियाँ

हर चीज के साथ उसने अन्त भी पैदा किया
पर अन्याय बन्द हुआ न कम हुआ अत्याचार
पापी छोड़े जाते रहे कि मारना है पाप को
नरक घरों से बाहर निकलकर धँस गया आत्मा में

ईश्वर की इच्छा से हम भेज दिए गए इस लोक में
हमारे जन्म के साथ उसने सौंप दी मृत्यु
उसने हमारे पैरों के लिए सड़कें कम और पत्थर ज्यादा बनाए
सबसे कम बनाई घास
और समय के भयानक सांडों को खुला छोड़ दिया

कर दिया हमें घर से दूर
और अभावों को इतना नजदीक कि
हम उन्हें अपने पड़ोसियों के नाम से पहचानने लगे

बच्चों को दाँत तो दिए अपने जैसे
पर मंजन महँगे कर दिए
फूल उगाए उसने
उससे भी कुरूप डर उपजाए उनके संग

डरते हैं हम उससे
मज़ाक उड़ाने से भी काँपना कहाँ होता है बन्द

हम शोर मचाते हैं कि हमारी घुटती हुई
साँसों का रौरव
जकड़ लेता है हमारे पैर

रात को

रात को सीटी बजाता एक आदमी
चौराहे के नल से पानी पीकर दीवारों को
लोरी सुनाता हुआ जागता रहेगा रात के उठने तक

उनींदी छत का बोझ मुझे कुचलने के लिए तैनात है
जाने किस अज्ञात स्टेशन पर रेडियो जागा हुआ है
नींद के इन्तजार की गन्ध है उसकी आवाज में
वह मुझसे लिपटकर जम गई है

खिड़की पर जड़ा पूरा चन्द्रमा धूमिल है
कंपकंपा रहा है अपनी धुरी पर
रात के जागर से अभी उबरे नहीं हैं बादल
तारों की अस्फुट चीखें काँसे की थालियों की तरह बज रही हैं
मेरा शरीर निढाल बोझिल इतना कि ठीक से ढह भी नहीं सका
हड्डियों की तरह चटकती लकड़ियों की राख हो चुकी है बर्फ

सीटी बजाते आदमी का ताम्बई चेहरा दिपदिपा रहा है
वह गुनगुना रहा है कुछ जिसमें तम्बाकू की गन्ध है
मवेशियों की ठिठकी हुई साँसें बाघ की सिमटी हुई आहट को
याद करता वह समय के सामने निहत्था खड़ा होकर
फटकारता है अपने भय को

कितना शानदार है एक आदमी का अपनी नींद को चुनौती देना
मैं कहता हूँ—वाह!
मेरे मुँह से भाप निकलकर उसके धुएँ में मिल जाती है

रातभर नींद उसकी सीटी पर नाचती है

संगत

लड़का पेड़ की टहनियों को झुकाकर
उसके बनते हुए फूलों को सूँघ रहा था
फूल अपनी खुश्बू में खोए हुए थे

पहाड़ की उस तलहटी में
जहाँ ढलान इतनी थी कि
हवा भी फिसलकर झरने में जा गिरे
वहाँ कैसे अटका होगा बीज
जिसमें यह पेड़ था

चिड़ियों ने इस पर कई बार
मिलकर सोचा
और उड़कर दूसरे पेड़ पर बैठ
इस पेड़ को देखने लगी

हवा में पेड़ हिल रहा था कि
अपनी लय में झूमता समुद्र लौटता हो
तट पर

कुछ फूल लड़के के बालों में गिरे
और उसकी आँखें गुनगुनाने लगी
पेड़ बाँसुरी की तरह बज रहा था

उपरान्त

इस भौचक समय में किसी आदमी को क्या चाहिए
छोटी-सी खुली छत या जरा-सी पृथ्वी
और अतीत की अब खुशनुमा याद बन चुकी दुर्घटनाएँ

जब जिन्दगी के तमाम अक्षर मर चुकी लिपि में ढल चुके हैं
अपने ही शब्द बाहर आते-आते डरावने होकर अँधेरे में खो रहे हैं
कपड़े उतारकर दीवार के सामने ऐसे खड़े होना है कि वह आईना है
और उसे चूर-चूर कर देना है अपने माथे से

आत्मा का इस्पात लोहे की तरह बज रहा है
आँसू बह रहे हैं कि खून
ऐसे में पानी पीकर दौड़ते जाना है जहाँ रास्ते बन्द हो जाते हैं
और जानवरों की बनैली गन्ध नहला जाती है

लपटों में घिरकर अपनी भूख याद नहीं आती
अपनी शर्म याद आती है जिसे हम समय के साथ भूल जाते हैं

समय हमारे भीतर घुमड़ता है
उससे नष्ट होते हुए हम कुछ कहना चाहते हैं कि
हमारा समय खत्म

इतनी छोटी-सी चारपाई

इतनी छोटी-सी चारपाई है हमारी
वह कहता है शुक्र करो मुझे धन्यवाद दो

इसी में उसने बनाया है नरक
इसमें धर दिया है स्वर्ग
वह चाहता है इस पर हम अकेले न सोएँ

जीने लायक इच्छाएँ हैं हमारी
कितनी तो कीमत चुकाई है
हमने कितना किया है इन्तजार इसे पाने का
वह कहता है समेटो
जितना काट सकते हो फेंक दो काटकर देह
तुम्हें इतनी जगह की जरूरत है कि आत्मा आराम कर सकें

उसकी यह ठगी हम जानते हैं
फिर भी उसके कहे में आ जाते हैं
हम सिकुड़ते जाते हैं जिसे वह कहता है
उसे दे देते हैं जगह कि हम अच्छे हैं
सिर्फ आत्मा की मक्खी मँडराती है चारपाई पर
और डरते-डरते कभी-कभी बैठ जाती है

खूब रस लेता है वह इस तमाशे का
एक दिन वह आएगा अपने दल-बल के साथ कहेगा
मुझे सोने दो उठो मेरे लिए पूरी नहीं पड़ रही है चारपाई

लापता
(मुज़फ्फरपुर हत्याकांड के उत्तराखण्डी शहीदों के नाम)

जो गुम गए कहाँ मिलेंगे
खो जाने के अनेक रूप हैं
मिलने के कई तरीके

जो खो गए, भूखे थे कई जन्मों से
पानी माँगने गए कि भोजन बन गए

उनका इन्तजार है
फैली है उनके आने की गन्ध
होने की आहट कहीं नहीं है
उनके शायद बचे रहने की धुकधुकी के बीच
हर पल है डर से भरा हुआ

धरती के किसी हिस्से में होंगे वे
सृष्टि का कोई तत्त्व बनकर होंगे अशान्त
या राख बनकर उड़ रहे होंगे बेचैन
गिर रहे होंगे बर्फ बनकर
ढाँपते हुए अपने समय का अन्धकार

पृथ्वी के अन्दर से जले घाव
बाहर फैली अनन्त हरियाली के बावजूद
कसमसा रहे हैं उनकी स्मृति में

जब वे आखिरी बार देखे गए

उनके मन में ज्वालामुखी उफन रहे थे
आत्मा झुकी थी प्रार्थना के मौन में

वे ऐसे मिलेंगे कि मिलने का
कोई मतलब नहीं होगा

शिखर पर पड़ती है बर्फ

शिखर पर बर्फ पड़ती है तो सुदूर शहर
और दूरस्थ पठार काँपने लगते हैं

नदी लेती है वहाँ जन्म
मृत शिराओं को मिलता है जीवन
फल वहाँ के इतने महँगे होते जाते हैं
कि कुछ दिनों बाद महाकूड़ेदान में
सड़े हुए मिलते हैं

आदमी की चाल से चलकर आदमी
समतल में पहुँचता है
आँखों पर पट्टी बँधवाकर
दौड़ता रहता है सरपट

तुम फल चखते हो
उधार के मौसम से बचते हो
इंजन की जगह जोतते हो आदमी को
नदी तुम्हारे पापों को उजला
और मैल को हल्का कर जाती है

तुम कहते हो नदी नहीं रोकी जा सकती
उस पर सबका हक़ है
फल उसी के हैं जो खरीद सके
रुक ही नहीं सकते आदमी
क्योंकि वे आने को अभिशप्त हैं

वहाँ आग लगी है जलते हुए डैनों के साथ
उड़ने लगी हैं चट्टानें
चोटी से हर चीज नीचे आती है
ऊँचाई से तुम डरते हो
तो अपने चुने हुए पतन को स्वीकार करो...

मन को मारने की गोली

मन किया कि कस के याद करूँ
पहाड़ में रोटी नहीं थी उन दिनों को
आज याद करूँ
जब रोटियों का पहाड़ है
और मैं

यह भी मन हुआ कि
चिट्ठी में कुशल-मंगल नहीं
रोटी भेजूँ
जबकि रोटी गोली बन गई है
और लौटकर मुझे ही छलनी कर रही है

मन नहीं माना कि याद न आए कुछ
यातना है स्मृति
यातना का पहाड़ खड़ा है मेरी छाती पर

मन का क्या करूँ
यह नहीं छोड़ना चाहता पहाड़
रोटी भी इसे चाहिए
मुझे खदेड़ देंगी रोटियाँ पहाड़ पर
तो मन का क्या होगा

मैदान में घर तो मिलता नहीं
गाजा-बाजा बजाकर उतारने पड़ते हैं कपड़े
प्यार-प्यार में अगर लूट लेगा कोई

पहाड़ तो मार से मिल जाएगा

तन को मारने की गोली
न पहाड़ को भेद सकती है न उसकी याद
मन को मारने की गोली है किसी के पास!

विचार

जिसने उत्पात मचा रखा है वह पिछले दिनों
खयाल की तरह था
पढ़े-लिखे लोग उस पर बात करते
होते-होते उनका शोर चुप हो जाता

कुछ समय बाद वह सपने की शक्ल में उपस्थित था
लोग खुली आँखों से उसे देखते
और एक-दूसरे के सामने खोलते उसका अर्थ
कई लोगों के लिए वह हिम्मत था
किसी के लिए आश्चर्य
कुछ के लिए खेल
बहुतों के लिए निर्णय

वह दीवारों पर खून से छपा मिलता
आकाश में साँस लेता
लोग घर लौटते दरवाजा खोलने पर
वह चिट्ठियों के साथ गिरता
कोई कहता वह पसीना है जो हल लगाते
हाथों से बहकर दहका जाता है आग

बच्चें उसकी कहानी सुनते
प्रेम के अलावा उसको भी याद किया जाता
लोग झगड़ते हुए भी उसे नहीं भूलते

उसके नाम के कई बच्चे अब बड़े हो चुके हैं
उसका समूचा सच होना आज सम्भव है

ठीक जगह पाने के लिए

पहले मुझे नदी परेशाान करती थी
पहाड़ भी दूर से डराते थे
अब सागर मुझ तक आता है मुझे डुबाने को

पहाड़ से मैंने दोस्ती कर ली
पिछली यात्रा में हम दोनों को लगा कि
हमने साथ-साथ जन्म लिया है
पहाड़ बचपन का रोना रोते हुए मुझे हँसा गया

मैंने सिर्फ नदी को बताया कि बिछड़ते हुए हम
जोर से हँस क्यों रहे थे
वह बार-बार कहती रही कि हम रो रहे थे या रोने से डर रहे थे।

नदी मेरी थकान सोखती है बुझाती है प्यास
कभी-कभी इतनी जोर से साँस लेती है कि
मैं नींद में चौंक पड़ता हूँ

उसकी रेत पर मुझे साँप की तरह पड़ा देखकर
सागर डर गया कि उसका क्या होगा
और राजनीति की तरह मेरे पीछे पड़ गया

मैं भगोड़ा नहीं हूँ अपने आप से डरता हूँ
जो जहाँ है और अगर गलत है मैं उसके बारे में सोचता हूँ
और दुश्मन हो जाता हूँ
इसका एक कारण यह भी है कि मैं खुद भी
ठीक जगह पाने के लिए सही लड़ाई लड़ता हूँ

छल

बीमार औरत
जब जवान थी
तब भी बीमार थी

छुपाती थी पुरुष से
अपनी बीमारी
बच्चों से भी कि
वे हो जाएँगे निराश

वह हँसती थी कि
हँसना न भूल जाए घर
देख कर उसे उदास

बीमार औरत बूढ़ी हुई
इस तरह कि
छुपाती रही बीमार है वह

अब वह चाहती है
पुरुष रहे उसके पास
बच्चे आएँ
उसे बहलाएँ

बीमार औरत नहीं जानती
क्या होता है
जीने के छल में जीवित रहना

देवता होने की वह उम्र

देवता होने की उम्र में
खूब लड़ा मैं पंतगों के पीछे
याद है कहाँ गिरी
मेरे खून की पहली बूँद

उड़ती हुई पतंग मेरी लिए बाँसुरी थी
जिसकी धुन पर
तरन्नुम में गाते थे मेरे कदम

आँगन के नीम से
छीनी थी मैंने
बड़ी-सी एक गुलाबी परीयल

उसकी दो आँखें थीं
सूरज को रास्ता दिखाती
एक जीभ थी
बिल्ली की खाल की तरह नरम
दो बड़े डैने थे उसके

मैं सोचता था
ईश्वर इस पर बैठ कर आएगा
वह नहीं आया
और मैं बूढ़ा हो गया
उसकी तरह

पतंगें तमाम फट गई
या फँस गई पेड़ों में
डरता हूँ कि अब उड़ाई पतंग
तो हवा मुझे पटक देगी
किसी देवता के कन्धे पर

अब कहाँ रही
देवलोक में
हड़कम्प मचाने की वह उम्र

नया बस्ता

उसका रंग चटक है
उसके प्रेम में देखते ही पड़ गया था बच्चा

उससे फूटती है गन्ध
बच्चा उसमें नहा जाता है

बच्चे के सपने में वह आग से घिरा रहता है
पहाड़ से धकेल रहे होते हैं उसे कई भयानक हाथ

रात-भर नींद में भी बँधा रहता है वह
बच्चे के कन्धे पर

आँखे खुलने पर बच्चा
उसके गले में पाता है अपनी बाँहें

कभी बच्चा उससे हाथ मिलाता है
कभी उसे विदा करने को उठे बच्चे के हाथ
हवा में ही जम जाते हैं उसे हँसता देखकर

वह बच्चे को समय पर घर लाता है
एक कोने पर रखा वह सागर के कपाल पर
टापू की तरह चमकता है

ज्यादा खुश होने पर बच्चे को वह
इस दुनिया से परे की चीज़ लगता है

तब बच्चा मुस्कुराने से भी डरता है

वह जगमगा उठा है
बच्चे के मन से झरती रोशनी में

कीड़े

घास में दुबके पानी में तैरते
दीवारों पर रेंगते कीड़े उठते हैं
और हमारे शरीर में घुस जाते हैं

मन का कीड़ा अपने अँधेरे बिल में कुलबुलाता है

कीड़े शरीर को चाटना शुरू करते हैं
और नसों को कर देते हैं खोखला
एक दिन हमारी हड्डियाँ कुतरी हुई मिलती हैं
सारा खून चूस जाते हैं कीड़े

उनमें से कुछ चल पड़ते हैं दूसरी देह की तलाश में

हमारी भूख में
हमारी प्यास में
ईर्ष्या और घृणा के रास्ते इकट्ठे होकर कीड़े
हमें मारने को तैनात हो जाते हैं
अभाव के कीड़े सबसे घातक होते हैं
आत्मा तक को चूर-चूर कर देते हैं

एक समय के बाद दर्द को सोखने वाली गोली
कीड़ों को ताक़त देती है
कीड़े हमें धमकाते हैं
और गुर्राते हुए हमें लील जाते हैं

मेरे आदमी

मैं नींद में नहीं इसी दुनिया में हूँ
जो मार डाले गए वे मेरे ही आदमी हैं
इस समय जो लड़ नहीं रहे वे दुश्मन हैं
जो किसी के साथ नहीं हैं
हत्यारे उनके नाम से कर्फ़्यू लगाते हैं
और उनके शान्ति पाठ में दो मिनट का मौन धारण करते हैं

वे हत्यारों से ज्यादा प्यासे हैं
सबसे अच्छा खाना खाकर सबसे सुन्दर हैं उनके बच्चे
बड़े होकर वे हमारी नींव कमजोर करते हैं
चाट जाते हैं हमारे घर
हमारी सड़कें उनकी छतों पर बनती हैं
उनकी दीवारों पर हमारे बच्चों के सिर जड़े रहते हैं

उनकी जीत में हत्यारे किराये पर लड़ते हैं धर्मयुद्ध
जो बार-बार हारती है उस मनुष्यता को
अपने तहखानों में दबोचकर
अपना नारंगी खून देवता को चढ़ाते हैं

उनकी दुनिया के किसी कोने में देवता उनींदा है
और राजनीति कर रहा है
जो जागे हुए हैं वे मरने से डरे बग़ैर लड़ रहे हैं

सहारा

कई करोड़ क्षणों में आता है
वह नाभिकीय क्षण
सागर में दफ़न जहाज़ों के मस्तूल
हरकत में आते हैं
और कहीं सोचता है कोई
कितना गलत हो गया यह काम

पृथ्वी के तमाम चुम्बक
अपने विपरीत छोरों पर सक्रिय होते हैं
और बस एक ठेस की जरूरत होती है
आकाश छूती इमारतों की नींव थरथराती है
और कहीं पर दरक जाता है
ईंट और गारे पर खड़ा संसार

अपने पाप को पीठ पीछे याद करते
ढेर सारे क्षमावाक्य उच्चारते कुछ लोग
अपने मुखौटे नदी में बहा देते हैं
और फट पड़ते हैं अपनी आत्मा के केन्द्र में

नक्शे पर अलग-अलग रंगों में छितरे हुए
भू-भाग कितने अच्छे लगते हैं
वे कम ही होते हैं जो समझते हैं
उन्हें बाँटती नीली रेखाओं का सच

नींद में जब मैं कहता हूँ मुझे अभी

बचाए रखो तो रात के पारे को
चरम तक पहुँचाकर एक भयानक चीख
मेरे सपने से बाहर उभरती है
और अट्टहास में बदल जाती है
सिहरकर उठने पर

कई करोड़ रहस्यों से बुनी यह दुनिया
मेरे जीवन से बड़ी नहीं हुई
मैं सोचता हूँ और हल्का हो जाता हूँ
करोड़ों में से कुछ ही होते होंगे वे
जो अपने दलदल में धँसने से बच जाते होंगे

उन्हें याद करता हूँ
और बच जाता हूँ ढहने से...

अपने घर में होनी चाहिए हर चीज़

हर चीज अपने घर में होनी चाहिए
इतनी हो कि सबके लिए

घर तो है नहीं
सबसे पहले सबके लिए होना चाहिए घर
जिसे बाहर कहते हैं
वह अपने भीतर हो ठीक से
जोड़े अच्छी तरह पिता को पुत्र से

दूरी मिटे तो मिलना अच्छा लगे
छोटे से घर में हो छोटी-सी रेल
बस का मन करे चाहे पैदल जाएँ
पर हो नहीं कोई किसी से दूर

घर में हो अन्तरिक्ष अपना
बच्चे हों सितारे
सब अपनी धुरी पर रहें
एक-दूसरे की कक्षा में मिले ऐसे
कि टकराए नहीं

घर में ही हो प्यार
झगड़ा हो तो दुलार भी
घर में सिर्फ लड़ाई होगी
बाहर प्यार के नाम पर
रचे जाएँगे हत्याकाण्ड

घर में ही हो जीत
घर में ही हो हार
खेल का मैदान नहीं तो
खेले अपने मन में
किसी को जीतने से पहले
हारने की करें इच्छा

घर में ही हो बाजार
हर चीज मनुष्य के लिए बनी है उसे मिले
कोई लुट गया, महसूस न करे
चीजें तमाम मिले वाज़िब दाम
किसी भी कीमत पर
आदमी बिकने से बचे

खेत भी हो घर में
गमलों में उगा जीवित हरा रंग
उजला कर दें छुपे हुए कोने
भोजन भी मिले कि खाना न पड़े ग़म
पीना पड़े तो पानी और गुस्सा

तबियत से मिलने का मन हो
समय निकालना पड़ेगा
समय नहीं है, से दूर फेंक दो
समय से पिसने का भय

वैसे मरने के कई तरीके
और डरने के अनेक कारण

पर यह कितनी बड़ी शर्म कि
आदमी मिलने से डरे आदमी से
आदमी का जन्म लेकर

आदमी के रूप में नहीं मरे

अधूरे संसार में हर आदमी
इतना पूरा हो सके कि
एक घर बने

आलमारी जैसा घर

इस घर की दीवारें कई बार टूटी
उन्हें फिर मजबूत बना दिया गया
अब कमजोर है घर

यहाँ कमरे कम हैं दीवारें ज्यादा
फिर भी यहाँ रहने वाला
हरेक आदमी एक कमरा है
हरेक की अपनी दुनिया है अलग
हरेक लड़ता रहता है खुद से डरकर

सब कर दिए गए हैं इतने अकेले कि
घुटती हुई साँसों से छूटने के लिए
अपनी ही परछाई से फिरते हैं भागते

डर लगता है
इस आलमारी जैसे घर में जाते हुए कि
भीतर खींचकर दबोच न ले कहीं कोई
किसी आलमारी में

हर आलमारी में जैसे लाश है
और मेरी ही गन्ध है सबमें
मेरा ही खून है जो जम गया है

इस विकराल डर के आगे
किस आलमारी में छुप गया मेरा साहस

शायद कहीं जगह न मिलने पर
वह थरथराता होगा किसी आलमारी के पीछे

घर न हुआ लोगों से भरी आलमारी हो गया
लोग न हुए आलमारी के खाने हो गए
सबके ताले अलग
सबके सब बन्द
सबकी चाबियाँ गुम...

एक गर्म शाम घास पर

घास नदी नहीं थी
पर मैंने वहीं छोड़ने की सोची अपनी देह
वहाँ घनी थी वह
और नमी मरी नहीं थी उसकी

मैंने सोचा मेरा ताप आकाश सोख लेगा
उसने कहा भूल जाओ
पहले की और थी बात
अब तो मैं भी जगह-जगह से धधक रहा हूँ
हवा का अपना ही ठिकाना नहीं था

पृथ्वी ही सहेगी आखिरकार
उसी ने मुझे बनाया है
यह मुझे मिट्टी देखकर याद आया

मैं वहीं पड़ गया निढ़ाल
जीवन की गहरी बातें नहीं सोची
सिर्फ़ घास को छुआ

छुआ कि इसमें भी आग है
तो कौन बाँटता होगा इसका ताप?

नानी के शब्द

नानी लौट जाएगी गाँव
यहाँ कम पड़ जाएँगी
एक जोड़ी चप्पलें

इतनी झुरियाँ पड़ जाएगी कि
अखरोट दिखने लगेगी नानी
हो जाएगी जामुन की शाख जैसी कच्ची

कुछ दिन तक बसी रहेगी घर भर में
नानी की देह से फूटती
पहाड़ की गन्ध

नानी के शब्दों में
बोलते रहेंगे हम कुछ दिन तक
फिर अपनी भाषा में
हमेशा के लिए बिसरा देंगे नानी को

वहाँ थमेगी नहीं नानी की हिचकियाँ
याद कर रहे हैं सोचकर
उदास होगी और खुश हो जाएगी

संग्रहालय

राजा लिपटा सिंहासन से
रानी तहखाने में
पत्तों के पीछे लुकी राजकुमारी
फूलों की खोज में
राजकुमार दौड़ाता मिट्टी की गाड़ी
दूर देश में होती लड़ाई

सब हैं समय के बन्दी
सोचते हैं समय चाकर है उनका
पुराने समय से

भोग

पृष्ठभूमि में साफ़ आने चाहिए
प्रेम करते पत्थर

सतर्क पति बनकर पत्नी को
उनके बगल में सजाते हैं मित्र
चतुर पिता की तरह डपटते हैं बच्चों को
जल्दी! सूरज डूब जाएगा
साफ़ नहीं उभरेगी तसवीर

इस प्रसंग में प्रेम करते पत्थर
कुछ और पुराने पड़ जाते हैं
नश्वरता का आनन्द लूटते हैं मित्र
परिवार सहित...

जब कोई बाहर नहीं निकलता

इस बीच जब घड़ियाँ
रुकी हुई लगती हैं
काफी कुछ हो जाता है
जिसमें हत्यारों का हाथ नहीं होता

हवा अपना बोझ घास पर छोड़ देती है
घोड़े झोंपड़ी में सुस्ताते हैं
जानते हैं कि
यह जगह किसी कथा में नहीं है
वे देवताओं के बारे में फैसला करते हैं
पर उनकी बातचीत का कोई शब्द
उनकी अगली यात्रा का
पता नहीं देता

बीमार बच्चे पीले पड़ जाते हैं
देवताओं को कोसती औरतें
मौत को बुलाती हैं

कुछ आदमी अलग-अलग जगहों पर
तय करते हैं कि
उन्हें वापस नहीं लौटना
उनकी कोई बात
स्वर्ग से नीचे की नहीं होती

जब घड़ी की सुइयाँ

वक़्त के सिवाय कुछ नहीं बताती
दयनीय हो जाते हैं
हत्यारों के चेहरे

मरने से बचना

जंगल में घुसो तो मानकर चलो नहीं है कोई और
जंगल की पसन्द में खलल न पड़े
इसी तरह तुम्हें आना है

हवा में छनती पत्तों की खनक
और पानी की कुहासी कलकल को
जंगल का आतंक मत समझो

यह मिट्टी का सम्मोहन है
जहाँ तुम नहीं जा सकते
उससे भी आगे तक है मिट्टी का साम्राज्य
तुम्हें लगेगा कि बिछ जाना
कहीं भी जाने का सीधा रास्ता है
जाने की चिन्ता न करना
कितना ही सघन क्यों न हो जंगल
घर पहुँचा ही देगा

जंगल से बाहर निकलने पर पाओगे
कि बच गए हो मरने से...

उसका जन्म

उसकी गन्ध समेट लेने को
तैयार हो रहा है सारा घर
वह जन्म लेने वाला है

हम उसे बचपन में रखेंगे
बहुत दिनों तक
गोद में लेकर
हम उम्मीद करेंगे कि
छोड़ दिया तो
अभी लगेगा उड़ने
उसे घुटनों पर चलते देख
हम डरेंगे कि
हमारे जैसे तो नहीं मिलेंगे
उसे नुकीले रास्ते

हमारी गन्दी उम्मीदों के बावजूद
वह बड़ा हो जाएगा
हमसे ऊँचा होगा उसका क़द
साफ होगा रंग
उसकी भाषा में होगा प्यार
वह बचाए रखेगा
हमें बूढ़ा होने से

वह थकेगा नहीं
हम गिरेंगे
उठा लेगा हमें
जो जन्म लेने वाला है

बूढ़े

हमारे रंगीन कपड़ों पर टिकी
दुनिया में
सिर हिलाते आ जाते हैं बूढ़े
जैसे हम सूरज हों
और घाम तापने के सिवाय
कुछ काम न हो उन्हें

उन्हें व्यस्त रखने के लिए
उनको सरका देते हैं हम
बच्चों के उधम में

बूढ़े कुछ नहीं कहते
जैसे हम उन पर अहसान कर रहे हों
सिर और कन्धों और हाथों पर
चिपका कर बच्चों को
वे दूर चले जाते हैं हमारे दुर्लभ एकान्त से

उन्हें दूर रखने का यह दयालु तरीका है

हम खुश होते हैं
कि बस अभी देखो
बच्चे कैसे दुरुस्त करते हैं
उनकी बची हुई पसलियाँ

उनके पास अटूट धैर्य है

चीज़ों को समझने का
और खुश होने का सीधा-सा तर्क
कि यही होना है सबको

शुरू से हुआ है यही
गर्दन हिलाते धूप को सुनाते हैं बूढ़े
तब थोड़ा और तेज काँपते हैं
उनके हाथ
और ढेर सारी चिन्ताओं से
भर जाते हैं हमें लेकर

पीले पड़ जाते हैं
उनके झुर्रियों से बुने चेहरे

कीड़े को ले जाती चींटियाँ

मुझे पूरा यकीन था
चींटियाँ मरे हुए कीड़े को
ले जा रही थीं
अपने बिल में

जहाँ दुनिया थी उनकी
पंखदार चीटों
और अण्डों में विकस रही
चींटियों की पूरी बिरादरी थी

चींटियाँ जानती थीं कि
कीड़ा काफी होगा
दो, चार, छह या
कम-से-कम एक चींटी के लिए

किसी को पता नहीं था
किसके हिस्से आएँगे
कीड़े के पैर
पूँछ या आँखें

इसको लेकर
उनका सिर हलका था
क्योंकि बोझ कम नहीं था

जहाँ कीड़ा मरा पड़ा था

वहाँ से लेकर
उनके बिल तक
उनकी फौज तैनात थी

अपने सिर पर
उम्मीद की लालटेन लिए
वे अँधेरे में उजाला ले जा रही थीं

तलवार की तरह पैनी थी उम्मीद
और भूख कटती जा रही थी

कीड़े पर चिपटी चींटियाँ
कीड़े को जरूर
जरूर वहीं ले जा रही थीं
जहाँ अब भी
भूख का पेट फूला हुआ था

विष-मुक्ति

बिच्छू का विष उतारने वाली
बुढ़िया मर गई कल
दिन ढले

बरसों से बीमार थी
बरसों से अकेली
बरसों से चुप थी
परसों देखी थी अच्छी-भली
पड़ोसियों से बात करके
भर दोपहर सोई थी

शायद सपना भी देखा हो
बहुत दिन बाद
मुझे लगता है
सपने से ही डर गई
नींद में ही मर गई

वह उतारती थी नज़र
कीट पतंगों का ज़हर
और मुहल्ले-भर में
जादूगरनी कहलाती थी

वह देखती थी हमारी तरफ़
तब कुछ होता था उसकी आँखों में
जिसे वह बाँटना चाहती थी

हम नहीं जाते थे
उसके पास डरकर

वह छुपा लेती थी हमारी गेंद
गाली देती थी कि हमें हो जाए
ढाई घड़ी का हैजा

बस्ती के नये बच्चे खुश हैं कि
अब उसका भी आँगन मिलेगा
खेलने को

औरतें निश्चिन्त कि
अब कोई नहीं बता सकेगा
किसने किस पर फिराई जादू की छड़ी
किस पर फूँका वशीकरण-मन्त्र
किसने बँधवाया अपनी बाँह पर
औलाद होने का तावीज़
किसने क्या किए खटकरम

बेटियों के जैसे-तैसे
बस गए थे घर
बेटे चल दिए थे
उसे अकेला छोड़कर

फिर भी सुनती थी
अकेले की पुकार,
हरती थी
आफत में फँसे की विपदा

वह सहती ही रही
जन्म भर दंश

जब गई तो सबने
दिखाया दुख
सबको छुपाने थे अपने-अपने
खोट

किसी के पास नहीं था
उस पर चढ़े
जहर का तोड़

दूसरों का विष उतारनेवाली
बुढ़िया चुपचाप नहीं मरी
एक शान्त मौत...

कहाँ थी माँ

घबराकर मैंने माँ को पुकारा
माँ...
कहाँ थी माँ?

दिन भर की हताशा
और जीवन का बोझ
माँ को सौंपकर ही
मुझे नींद आ सकती थी

माँ को पुकारते हुए
मुझे लगा जैसे माँ भी
मुझे पुकार रही हो...

क्या अपने दुख को
मुझसे छिपाने के लिए
मेरे सामने नहीं आ रही थी माँ!

कुछ दिन से
माँ गुमसुम रहने लगी थी
कई बार मैं
माँ को पहचान न सका

मेरे टूटे हुए खिलौनो में
क्या टटोलती रहती थी माँ?
हिम्मत नहीं हुई कि

माँ से पूछ सकूँ!

मेरी तसवीरें
रुला देती थीं उसे
मेरा नाम पुकारना
दिनोंदिन कठिन हो रहा था
माँ के लिए

माँ अपने दुखों के लिए
पूरी नहीं पड़ती थी
जरूरत पड़ने पर ही
माँ को याद किया करते थे हम

गिरते हुए बालों
और टूटती आवाज से
मैं माँ को पहचान सकता था
पर काफी समय से
मैने माँ को
ठीक से देखा भी नहीं था

अगर माँ सहसा सामने आ गई
तो कैसे पहचानूँगा?
सोचकर मैं काँप गया

मैंने शीशे में देखा
वहाँ अक्सर
कँघी करना भूलकर
माँ अपने चेहरे से
मेरे चेहरे का मिलान करती थी

और पराए होते

मेरे चेहरे से घबराकर
चुपके से हँस देती थी बस

शीशे में नहीं थी माँ
वहाँ धूल थी
और अब वह चटकने लगा था
माँ नहीं थी वहाँ

छत पर देखा
गीले कपड़े सुखाती
धूप थी वहाँ फैली हुई

पूजा के कोने में ढूँढा
घुप्प अँधेरा था
वहाँ कोई रास्ता नहीं था कि
माँ के पास जा सकूँ

बिस्तर पर चादर पड़ी थी
खूँटियों पर कपड़े
सन्दूक में न जाने
क्या-क्या था
माँ कहीं नजर नहीं आई

मेरी कविताओं में कई चेहरे थे
मुझे दुख हुआ कि
उनमें से कोई भी
माँ से नहीं मिलता था

किताबों में नहीं थी माँ
चिट्ठियाँ थीं दबी हुईं
पर कोई भी

माँ के लिए नहीं थी
मुझे याद आया कि
माँ रास्ता भूलने लगी है
कहीं दूर न निकल गई हो
माँ...

मैंने सोचा
और इसके आगे
कुछ नहीं सोच सका मैं

मायाजाल

वे आते हैं
समुद्र को खँगालकर
डालते हैं जाल

मछलियों की पसलियों में
छुपा दर्द उभरता है
उनका खून गर्म हो जाता है
दूसरी सभ्यता में
पिए जाने के लिए

वे मछलियों की
मुसीबत समझते हैं

हर बार इतनी मछलियाँ
छोड़ देते हैं कि
अगली बार आए तो
मछलियों की कमी न पड़े

तुम्हारी बेटी

वह तुम्हारी बेटी है
तुमसे छूटने को बेचैन
रहती है

अब वह पानी में भींगी
चिड़िया की तरह नहीं छटपटाती

वह अलग दिखना चाहती है तुमसे
उसमें अपनी शक्ल तलाशना
बेकार है

उसकी आदतें
तुम पर नहीं गई

वह दूसरी तरह से
बताती है कि
वह तुम्हारी बेटी है

सपने के डर में कविता

सपने में दीवार एक नदी थी
कविता में दिखते
आँख की तरह शब्द थे दिशा

डबडबाई आँखों से
कंपकंपाती रुककर हो रही थी
रोने की आवाज

डर के मसूढ़े काले थे
चट्टान की तरह सख्त थे जबड़े
कविता बूँदों में गिर रही थी
वह बारिश नहीं थी

पहला हमला था डर के ऊपर
डर अब खुद को ध्वस्त कर रहा था

सपने में नींद खुलने से पहले
एक चीख उठी
फिर आवाजें

धीरे-धीरे सोने की
गहरी मीठी नींद में

हम

एक शहर था
जिसमें कई दुश्मन थे
कुछ दोस्त

मैं लिखता था
दोस्तों को चिट्ठियाँ
बाद में समय कम होने लगा

हम अपने खूँटों से
बँधे रहते थे आधा दिन
सारी रात बेसुध रहते थे

सपने में भी
हम हँसते थे बहुत कम
बातचीत भी ज्यादा नहीं करते थे
आमतौर पर...

सपने में नहीं हुए थे
हमारे जन्म
वहाँ मृत्यु थी
जो हमें पटक देती थी
ठण्डे बिस्तर पर

एक शहर में रहते थे हम
दोस्तों और दुश्मनों के संग

पेपरवेट

उसे वैसा ही होना चाहिए
जैसा आमतौर पर होता है
एक तरफ़ से टिकने लायक सपाट
और दूसरी तरफ़ से कतई गोल

यह वैसा नहीं है
इसके एक तरफ फूल बना है
दूसरी तरफ बाघ
एक कोण से फूल आकाश का
सूजा हुआ घुटना लगता है
और दूसरी तरफ़ से
सूखा हुआ समुद्र

ऐसे फूल कहीं नहीं होते
समुद्र की
अतल गहराइयों में भी नहीं
जंगल की नीरवता में
उनकी कल्पना करना
और भी मुश्किल है

बाघ राजा नहीं हैं कहीं का
पर मुद्रा राजसी है
बाघ और फूल किस नियम के
तहत एक साथ हैं
कहना मुश्किल है

वर्तमान

पृथ्वी हमारे सबसे
निकट का रहस्य है
कवि सोच रहा है कि कविता का
पहला शब्द है पृथ्वी

रोज नष्ट होते
रोज जन्म लेते संसार में
बदलता नहीं है तो सिर्फ आदमी
बदल जाते हैं
उसका पता बताने वाले शब्द

कहीं दर्ज़ नहीं होती वारदात
मृतकों को महामारी के नाम पर
लड़ाई को मुठभेड़ बताकर इतिहास
अपनी मृत्यु की घोषणा करता है

दुनिया ऐसे ही समाप्त होती है
पृथ्वी रहती है निरन्तर

जागर

वह अंगार चखता रहा
मैं पानी पीते-पीते
मरता रहा

आदमी की ज़गह

दुनिया में नरक है
कहते हैं स्वर्ग भी
यहीं है

दुनिया में आग है
तय है कि उससे ज्यादा
जल है

दुनिया में घृणा है
इतनी नहीं है कि प्रेम
मर सके

दुनिया में लोभ है
इतना ही होगा जितनी
पृथ्वी की हथेलियों की
खाली जगह

दुनिया में मृत्यु है
सबको पता है
कि यह कौन-सा लोक है
फिर भी मृत्यु
जीवन के सामने किंवदन्ती है

दुनिया में कीट हैं
पशु हैं पक्षी हैं

सिर्फ आदमी के रहने लायक
नहीं है दुनिया
तब भी कुछ लोग
जोर देकर कहते हैं कि
दुनिया को दुरुस्त किया जा सकता है

जो ऐसा कहते हैं
उनके आदमी होने में कोई शक
नहीं है

अच्छे आदमी

अच्छे आदमी चुपचाप आएँगे
जैसे गेंदे के फूलों की महक
और छा जाएँगे

उदास धूल
हमारे चेहरों पर जम रही होगी
उसे साफ करती
अच्छे आदमियों की उँगलियाँ
सच हमें रुला ही देंगी

हम इन्तजार करते रहे
पीले दिनों के गुलाबी होने का
हम देखते रहे रास्ता
जिस रास्ते आने थे सुख
दुख है हम सिर्फ़ इन्तज़ार करते रहे

अच्छे आदमी गुस्सा नहीं होंगे
इसे हमारा धैर्य कहेंगे
और लड़ेंगे हमारे लिए
सुखों में हिस्सा नहीं माँगेंगे

वे हमसे ऊबेंगे नहीं
हमें सिखलाएँगे
कैसे अर्जित करें जीवन का अर्थ

अच्छे आदमी
प्रेम-पत्र की तरह होंगे
जिन्हें सहेजकर रखेंगे हम
और जब दुनिया से घबरा जाएँगे
उन्हें बार-बार पढ़ेंगे

हम भावुक होकर
उनके सामने सिमट जाएँगे
वे कहेंगे फूल की तरह खिलो!
आग की तरह धधको!

जब हम सो रहे होंगे
तो चुपचाप चले जाएँगे
अच्छे आदमी
यह लिखकर कि
जब भी जरूरत होगी
वे चले आएँगे

इन दिनों

मेरे कपड़े पुराने पड़ गए हैं
ज्यादा तेज धूप में या
थोड़ी-सी बारिश में बचाने से कतराने लगे हैं

किसी की हँसी मुझे भावुक बना रही है
मैं सोच रहा हूँ कैसे
हँस रहे होंगे लोग जबकि आजकल हँसी
किसी को बिना
कपड़ों के देखकर आती है

मेरा जूता परेशान हो चला है मेरी बिना वज़ह
भटकने की आदत से
कभी भी जवाब दे सकते हैं पैर
कहीं के भी दाँत किसी
भी वक्त गिर सकते हैं जमीन पर
डाँवाडोल हो रही है मेरी व्यवस्था
जरा छेड़ने-भर की देर है मैं गूँगा हो जाऊँगा

इन दिनों भ्रूण-हत्याएँ आम हो चली हैं मैं
प्रयोग के तौर पर
फिर जन्म लेने की सोच रहा हूँ

मुझे कोई बताए ऐसे में कब तक बचूँगा मैं

विदग्ध

सब अच्छे हैं मैं ही बुरा हूँ सबसे कहकर उस आदमी ने
अपने सिर पर बाँस का मुकुट पहना और अपनी दुकान पर सज गया
ताला मेरे पास भी था सच मैंने भी कहे थे
हालाँकि वे बहुत कम सुने गए थे

एक जगह पहुँचकर समूचा खो जाने की छूट होती है
ख़ास उम्र में सब कुछ माफ़ होता है
सौ झूठ सुनकर एक आत्मा से सब कुछ भुला देना पड़ता है
मुझसे गलती यही हुई कि मुझे जो कहना था
वही कहा जानकर कि यही ठीक है
मुझे कौन माफ करता
सब यही कहते थे कि वही हैं माफी देने लायक

मैंने भी खोने के ज़ोखिम उठाए लेकिन जब भी लौटा
अपने पैरों पर अपने ही सिर के साथ
चाबी भी थी मेरे पास
मैंने यही कहकर फेंक दी कि मेरे घर में दीवारें ही नहीं हैं

चाहता तो अन्दर से मैं भी बन्द कर सकता था
दुनिया के मुँह पर दरवाजा
और अपने एकान्त में आसानी से बिक सकता था

बाहर निकलकर मैंने अपने ध्वंस की गाथाएँ नहीं सुनाई
जानकर कि कम हो या ज्यादा कीमत तय होने के बाद
हमारे हाथ में केवल बिकना होता है
थोड़ी देर में या बहुत जल्दी ही हमसे भी अच्छे जो हैं
वे कम नहीं हैं

अमीर औरतों की आँखें

अमीर औरतों की आँखें देखने के अलावा सुनती भी हैं
चुप तो रहती ही नहीं
कभी देखा होगा तुमने उन्हें अपने मौन की गरिमा से ऊष्मित
उनकी आँखों के नीचे कपोलों से उठती सनसनाहट सुनी होगी
चमकदार तीखी उनकी नाक तुम्हारे होने का अर्थ सूँघती हुई
हजार वर्षों से नया उनका क्रोध
कुछ वर्ष पुरानी उनकी स्पर्शहीन त्वचा तुम्हें जहाँ भी ले जाती है
तुमने ग़ौर किया होगा कि उसमें उनकी आँखों की भूमिका मुख्य है

अमीर औरतों के अघाए हुए पुरुष
उनके सामने अपनी पुश्तैनी घृणा का अभिनय करते हुए
जिस तरह तनावग्रस्त होते हैं
मौका मिले तो अनुभव करना उसे

उनकी आँखों में सायं-सायं करती वर्तमान की अनुपस्थिति
और आगामी अतीत की हिंसा से बच गए तो याद रखना कि
उनकी सजल आँखों के पीछे
अनेक सामाजिक कोप हैं

जिनके लिए तुम शहर को हराना चाहते हो उन आँखों से पराजित नहीं हुए
तो किसी को बताना मत लेकिन भूलना नहीं कि
मुँह के रास्ते पिया खून किसी को मारता ही नहीं
किसी की आँखों को खंज़र जितना चमकदार भी बनाता है

बाग में हँसते हुए लोग

वे रोज इकट्ठे होते हैं यहाँ
क्यों? कि हँस सकें!
उन जोर से हँसते लोगों को देखकर हँसी की कमी
समझ आती है
जैसे धड़कनों के बारे में सोचते हुए तेज हो जाता है धड़कनें

तो वे लोग किस्म-किस्म के लोग
तरह-तरह की हँसी हँसने के लिए रोज इकट्ठे होते हैं यहाँ
किस बात पर हँसते होंगे वे?
बेवकूफी भरा सवाल
किस बात पर रोते होंगे वे? कि हँसी नहीं आती हँसने पर!

तो हँसी का अभ्यास करते वे लोग
पेड़ों की तरफ पीठ आकाश को देखते हुए चीखते हैं हँसी
वहाँ से गुजरने वाले बड़े और बूढ़े हँसते नहीं हैं उन्हें देखकर
या शुरू-शुरू में हँसते हैं
और रोज-रोज देखकर यह तमाशा मुस्काते हैं बस

बच्चे जब भी गुजरते हैं
बाग में हँसते हुए
लोगों की हँसी के ठीक सामने से तो
रोके नहीं रुकती उनकी हँसी

इस तरह वे लोग होती हुई सुबह के स्वागत में
देते हैं अपना योगदान

संकट

वह कहता है कि जब भी अपने पैरों की तरफ देखता हूँ
जकड़ा हुआ पाता हूँ खुद को
यह मीठा-सा सपना नहीं है कि मेरे हाथ
जंजीरों को और कस रहे होते हैं

मैं कहता हूँ यह सब इसलिए हुआ कि
तुम शाम पाँच बजे की निराश भीड़ में खोने से बच गए
और चौराहे पर नहीं फँसे
वह कहता है कि यह बात नहीं है
आज तो मैं घर से निकला ही नहीं
और जिस भीड़ की बात कर रहे हो
वह कपड़ो को थोड़ा पुराना करके आखिरकार छोड़ देती है
मेरी समस्या दूसरी है क़तई

अपरम्पार कोलाहल के कारण ही तुम्हें ऐसा लगता है
मेरे कहने के साथ ही वह पड़ोस में देखता है
और एक नये बच्चे की खुशी में प्राचीन गीत गाती
औरतों के बारे में सोचता हुआ मुझ पर बरस पड़ता है
कि मैं मज़ाक न करूँ

चिल्ला मैं भी सकता हूँ कि मेरे पास चिल्लाने की वजह है
कि भाई मुझसे क्या समझकर पूछ रहे हो इलाज अपने रोग का
पर मैं चिल्लाता नहीं हूँ कि कहीं उसे लकवा ही न मार जाए
या वह काट ही न ले अपने पैर

वह एक और आदमी

जब आदमी बाजार जाता है
और भूख की बात करता हुआ भोजन बन जाता है
फटेहाल वह भूमिगत नहीं हो सकता
पूर्व में तानाशाह और बाद में राजनीतिक भगोड़ा भी नहीं
कि युद्ध में बच रहना विजयी होना नहीं है
उम्र और अभावों से समझदार हुआ वह आदमी
अपने दरवाजे पर ताले की तरह लटक जाता है

एक और है जिसके कपड़े समाज की जरूरतों से ज्यादा महँगे हैं
चेहरा समय से ज्यादा चालाक
उसे खूबसूरत कह सकते हैं कि
हर वारदात के बाद वह शराब पीकर आदमी बन जाता है
वह बाजार से आता है कि तो उसके हाथ खाली नहीं होते
बाजार जाते उसे किसी ने नहीं देखा सिवाय उस आदमी के
जो अपने घर में थरथर काँप रहा है

दूसरे पहले और तीसरे आदमी के नाम भी हैं
लेकिन एक और है जो यकीनन है
दूसरे पहले और तीसरे आदमी ने एक-दूसरे में
जिसके दर्शन किए हैं मगर शिनाख्त नहीं की
वह एक और आदमी इनको इनसे ज्यादा लगता है

वही है जो पहले को पहला दूसरे को दूसरा
और तीसरे को तीसरा बनाता है
वही है जो बाज़ार से चीजें घरों से दरवाजे
और समाज से आदमी को गायब कर देता है

खाता हूँ भूखा सो जाता हूँ

रोज खाता हूँ भूखा सो जाता हूँ अगले दिन के लिए
मेरा शरीर मुझे परखता है तो डरता हूँ उसे अपना कहते हुए
आत्मा अस्थि-पंजर में सिमटी हाथ पसारती है—'पैसा!'
कि रोटी इसी से मिलती है

काम करके नहीं मिलता पैसा
माँगकर काम भी मिलता है कहाँ
अब तो वहाँ भी इतने कंकाल हैं कि
उनकी आत्मा प्रमाण-पत्रों की तरह बेकार लौट आई है
विश्व बैंक से

शेयर बाजार में कागज का सिक्का चीखता है
उससे मिलती है रोटी
तो आदमी की जगह सूटकेस क्यों बन गए
जिनकी छिन गई
करता हूँ अपनी बात तो वे हो जाते हैं नाराज
कि मुझे बीज बचाने की चिन्ता है संस्कृति की नहीं
मैं सोचता हूँ तो करता हूँ राजनीति

जो निर्भीक हैं उनके अपने स्वार्थ हैं
ठीक है कि मेरे भी कुछ निजी डर हैं पर ज्यादा डरता हूँ इससे
कि फैल गए मेरे डर तो आनेवाले बच्चों के बदल जाएँगे खिलौने
मेरी पराजय से जो गरीब हो गए
मेरी व्यक्तिगत ईमानदारी को ध्यान में रखकर
जनता को जीने देंगे चैन से

आत्मा गई शरीर लेने और मैं रोटी...

काँचघर में शब्द

अच्छा हुआ कि इस काँचघर में मुझे शब्द मिल गए
ठीक हूँ जबसे मैंने बोलना छोड़ दिया

कल इतना बोझिल था कि अपनी ही बात
दूर से आती लगती थी और धँस जाती थी पसलियों में
रातभर मैं एक चट्टान को छाती से ठेलता रहा
सुबह मेरे कपाल पर उगा सूर्य लहूलुहान मिला
दिनभर मैंने समय को पकड़ने की कोशिश की
जब भी देखा घड़ी रुकी हुई लगी

दिल में लहरें टूट रही थीं, खुद को खूब मनाया
हल्का होने पर मामूली इच्छाओं के लिए बचा रह गया
शाम के आखिरी छोर पर एक शव पड़ा हुआ था
उसमें मेरी गन्ध थी
मैं कहीं नहीं था तो वह कौन हो सकता है?

मैंने अपने घर फोन किया तो वहाँ से
एक बेचेहरा आवाज गूँजी—'गलत नम्बर'
मुझसे मेरा सच छुपाकर कोई कह रहा था—'कहो!'
कहना उसे था कि क्या कहूँ?

मैंने जो अब तक कहा वह दूसरों के लिए था
खुद से बात करनी शुरू की तो पता चला
मैं कहाँ सबसे ज्यादा जरूरी हूँ

पीली रोशनी में

रात को पीली रोशनी में जिसकी छाया
दीवारों की नींद तोड़ रही थी वह मेरा सिर था
पूरे आकाश पर धुँधले चाँद से वह बड़ा दिख रहा था
मैं जहाँ से उसे देख रहा था वहाँ से वह ऐसा लगता था
कि काटकर दीवार पर जड़ दिया हो

पर देखे तो सही कोई
कटने के बाद भी इतना जीवित कि
आँखें तक जीवन से भरी हुईं
अहा! इतना शानदार तो सिर्फ पेड़ है
अपनी जड़ के पास और सबसे ऊँचा
ऐसी चमक सूरज में सम्भव हैं कामगर आँखो की चमक

पृथ्वी जैसी लय में झूमता हुआ वह मेरा सिर
सोच रहा है कि
रात के हाशिए पर नहीं है उसकी जगह
उसे दिन के केन्द्र में होना चाहिए

नहीं है तो होगा एक दिन अपनी ठीक जगह पर

नींद और बारिश

नींद की प्रतीक्षा करता मैं
तलाश रहा था
थकान भरे दिन के
टूटने में अपना सुख

बचपन की कहानी के कुत्ते
चाँद से अब तक लड़ रहे थे
महावन में हिरनियाँ छिपा नहीं
पा रही थीं अपना उल्लास

हाथी निश्चल पड़े सो रहे थे
सिर्फ़ केले के पत्तों की तरह
हिल रहे थे उनके कान

बारिश हो रही थी
और उस घनघोर में भी
गाँव के आखिरी बूढ़े को
उम्मीद थी कि
अभी निकलेगा चाँद
दिपदिपाते नक्षत्र बता ही देंगे
उसे आने वाले दिन की दिशा

पुआल भींगकर दोहरे हो चले थे
उन्हें अपने साथ ले जाना
चाहती थी हवा

गोशाला में मवेशी
बाँट रहे थे अपनी स्मृतियाँ
गुस्से से थर थर काँपते
विषधर लिपटे पड़े थे
पत्तियों के सघन उजाले में
बरखा की सबसे मीठी गन्ध
उठ रही थी धरती की देह से

नींद न आने पर
मुझे हमेशा बारिश याद आती है
जिसमें मैं खोजता हूँ
धरती और आकाश का अर्थ
और विस्मय में डूबा
उछल पड़ता हूँ सुबह की नींद में

शोक प्रकट करने के लिए जाती हुई औरतें

शोक प्रकट करने के लिए जाती हुई औरतें
नाक बन्द करके चल रही हैं

बीत चुका है रोने का समय
या कोई अर्थ उसमें नहीं बचा
उनकी दुख रही हैं छातियाँ और गले सूख गए हैं
साफ़ होकर चमकने लगी हैं आँखें
सबको यकीन है कि सब रोई हैं
और सबको सबके दुखी होने का यकीन है

औरत की मौत शायद कम जबावदेह होती है
और परेशान करती है सबसे ज्यादा उसकी अनुपस्थिति
औरतें पहली बार समझती हैं
दूसरे की जानकारी होती नहीं उन्हें
औरतें आखिर औरतों के बारे में सब कुछ
कैसे जान सकती हैं!

वे औरतें ही हैं
धर्मशास्त्र इसकी व्यवस्था देते हैं कि
उन्हें औरत बनकर ही रहना है
चिकित्साशास्त्र की ईज़ाद से बहुत पहले
उनके कपाल पर लिख दिया गया कि
उन्हें मरना है तो औरत बनकर
इसी में उनकी गति है

खूब रो चुकी औरतें प्रेम के बारे में इतना जानती हैं कि
पति के सामने प्रेम ऐसे प्रकट करना है उसी ने सिखाया है
और बेटों से डरकर पूछती है उनकी पसन्द
बेटियों के बारे में उन्हें यह जानना जरूरी है कि
वे प्रेम तो नहीं कर रही कहीं

जिन्दगी की सड़न से परेशान औरतें
जन्म से ही मृत्यु की गन्ध से भयभीत हैं
अग्नि तो नहीं दे सकी पर जाने क्यों लगता रहा उन्हें कि
किसी औरत को नहीं
खुद को ही थोड़ा-थोड़ा फूँककर आई हैं...

उदर

मैं अपना शरीर बदलना चाहता हूँ कि
डरता हूँ पुराना पड़ने के बावजूद
यह अब भी दुरुस्त है
वैसे इसे होना नहीं चाहिए

सिर काटकर कहीं भी फेंक दूँ तो चैन मिले
बहुत हुआ ब्रह्माण्ड जितनी चिन्ताएँ ढोते हुए
छोटा-सा कपाल मेरा
उससे भी छोटा दिमाग
भाग्य की बात करना ही बेकार है
जो भी है मुझसे दुखी है
इस दुख से दुखता है सिर

कई अंग और भी हैं
जो मुझे जरूरी लगते रहे हैं—जैसे हाथ
लेकिन जब मैंने इनका अर्थ समझा
ये मुझे अपने नहीं लगे

जो इन बन्धकों को छुड़ा सकता है
वह मुफ़्त में ले जाएँ मेरा मन
जिसके बारे में कोमल भावनाएँ अब भी
सोची जाती हैं
सिर्फ़ मैं जानता हूँ कि ऐसा दिखना मजबूरी है इसकी
वैसे तो यह उखड़ा हुआ है अपनी जगह से

ठीक जगह पर हैं पैर
जिन्हें हटाने के लिए कई लातें चली
यह थोड़े घिस गए हैं
जरा-सी मरम्मत से चल जाएगा काम

किसी काम का नहीं है तो मेरा पेट
है ही ऐसा पहले से, कोई खराबी नहीं है नयी
यह अपनी औकात से ज्यादा भरा रहता है
मैं इससे सबसे ज्यादा डरता हूँ कि
इसके कारण बेकार नहीं बैठता मेरा दिमाग़
इसी के कारण मैं सोचता हूँ कि
बदलने लायक है मेरा शरीर

बन्द गोभी

काटना बन्द गोभी को उनींदी सुबह का अनुभव
देर हो रही हो गृहस्थी की दुकान सजाने की, तो सबसे आसान सब्जी
बन्द कहे जाने पर एतराज़ है कि
जो बन्द होते हैं आँखें मूँदे रहते हैं दूसरों की शर्म से
विरक्त रहती है बन्द गोभी अपने बाहर फैली बन्द दुनिया से
खुल जाती है हमारी भूख को काटने के लिए

काटना तब से है जब लोहे के औजार नहीं बनाए गए थे
भूख का आविष्कार सबसे पुराना है आखिरकार

बन्द गोभी के भीतर पूरी एक कला है
रंगों का समान फैलाव और गन्ध की विशिष्ट जाति लिए
उसका स्वाद विवश करता है कि हम देखें
जिसे प्रकृति कहते हैं वह केवल चित्र नहीं है
चाहे वह कितना भी दुर्लभ हो आदमी का स्पर्श भी है उसमें

पृथ्वी का यह रस समेटे बन्द गोभी
मिट्टी से बने आदमी की प्यास बुझाने के लिए
ऐसे कटती जाती है जैसे कि भूख
भूख जो सबसे कठिन है
लगने लगती है कितनी आसान

माँस चबाना, कचर-कचर, नाचना खून पीकर
हड्डियाँ चूसकर फेंक देना, याद दिलाते हैं आदिम भूख की
आदिम हिंसा को मानवीय अर्थ देता है सब्जी काटना

बन्द गोभी को गुस्से में काटना है ऐसी क्रिया जो बँटाती है ध्यान
और गुस्सा चाकू की धार से डरकर अपने घर चला जाता है

कटती हुए बन्द गोभी दुनिया बन जाती है
अन्याय से उपजे दुखों से बनी हुई

ऐसा देखना अत्याचारों के विरुद्ध आदमी के गुस्से का अपमान नहीं है
आदमी तो यहाँ शुरू से ही सुबह-सुबह तैयार हो रहा है
मोर्चे पर जाने के लिए...

नगर का प्रारब्ध

यह टूटा-फूटा नगर किसी युद्ध में अवशेष हो जाए
तो भविष्य के वर्तमान में इसके अतीत के बारे में बहस होगी

बहस करने वाले जरूरी नहीं कि
इस नगर का ध्वंस करने वाले हमलावरों से ज्यादा लड़ाकू हों
या पेट से भी ज्यादा हो उनकी भूख
फिर भी भविष्य पर भरोसा करो
इसके सिवा नष्ट होते समय में जीवित रहने का कोई बहाना नहीं है

यहाँ तोड़-फोड़ करने वाले क्या पता अपने घर को जोड़ने के लिए भाड़े
पर लड़ रहे हों
नहीं जानते होंगे वे कि किराए की ममता से भी ज्यादा निर्मम होता है
दूसरों के लिए किसी को मारना
तय है कि उनका अनिर्णित अन्त हुआ होगा

जीवन आसक्ति का रक्त चाहता है
और वे अभागे निरासक्त खून बहा रहे थे

हर हमलावर की तरह वे स्वयं को सभ्य कहते होंगे
और हर कमजोर के खिलाफ ताक़त का ठेका उनको ही मिलता होगा
अपनी जाति के नंगेपन के लिए उनके पास नस्ल के उन्नत होने का तर्क
होगा
शान्ति के लिए युद्ध के वे पक्षधर होंगे
अपनी व्यवस्था के पक्ष में हर तन्त्र का उन्होंने विरोध किया होगा

दुनिया को मानवीय सभ्यता सिखाने के लिए
पशुवत् आचरण को उन्होंने धर्म माना होगा
इसी धर्म को फैलाने के लिए उन्होंने झण्डे फहराए होंगे
इस नगर के खण्डर में उनकी ध्वजा
और क्षत-विक्षत ईश्वर के साथ कहीं उनकी भी अस्थियाँ मिल जाएँगी

मनुष्य के दिमाग़ को कोई कैसे समझ सकता है
लेकिन आजकल जैसा समय है उसके मुताबिक आने वाला समय
उन हमलावरों को संस्कृति का शहीद घोषित कर देगा
उनकी बर्बरता के क्रूर पाठ
आने वाली संततियों को अनिवार्य रूप में पढ़ाए जाएँगे

अत्याचार और अन्याय सहकर नष्ट होना
हर नगर के प्रारब्ध में है

ताँगे में जुता घोड़ा

जिन्दगी में तूफ़ान हो और रुकी हुई हों सड़कें
ताँगे की सवारी करना
अपने भीतर के हिचकोलों को समझाना है

पहली बार बैठा हूँ सदर से पुरानी दिल्ली रेलवे स्टेशन
एक बार देखा तुम्हें मुड़कर हाँफते थके-हारे गर्दन झुकाए
शक्ति को मापने वाली तुम्हारी गति मन्द
कुछ कदम टूटे-बिखरे
ज़िस्म जकड़ा हुआ अदृश्य जंज़ीरों से

गृहस्थी को अकेले ढोते हुए जब ठीक से कुछ भी शुरू नहीं हुआ
तुम्हें बोझ खींचते देखता हूँ तो अपने पर लदा वज़न याद आता है
याद आता है कि मैं इस नाटक का पहला पात्र नहीं हूँ
सबके जीवन में जरूर आता है वह दौर
जब दूर तक दौड़ना पड़ता है जहाँ इशारा करती हैं ठोकरें
और अपने ही सीने पर पड़ती बोझिल टापों को झेलते हुए
किसी अन्धकार में खो जाना होता है

हमें रौंद देता है जमा हुआ अन्धकार
और हम खुद को कुचला हुआ बरामद करते हैं
हर मोड़ पर होते हैं हण्टर फटकारते छुपे हुए हाथ
और अपनी बेमतलब दौड़

खुद को जब भी देखता हूँ जीवन असमतल उकाल* लगता है

---

* उकाल—पहाड़ की दुर्गम सीधी चढ़ाई

हाँफते हुए पाता हूँ खुद को अकेला इस सफ़र में
सबको दिखाना पड़ता है कि सैर कर रहा हूँ
और यह भागना अपने लिए है

मैं मना करना चाहता हूँ पूछना चाहता हूँ कि क्यों जाऊँ
जहाँ नहीं है मेरा ठिकाना

मैं होता हूँ हलका, उड़ता हूँ हवा में
कोई खींचता है मेरी लगाम लेकिन मेरे इस विरोध के आगे
अशक्त हो जाते हैं उसके सारे चाबुक
उनकी चोट मेरी इच्छा के खिलाफ़ भगा नहीं पाती मुझे

तुम हिनहिनाते हो मेरी नींद में
आँख पर पट्टी लगाम किसी और के पास
क्या तुम समझ रहे हो
अपनी मर्जी से उजाले की तरफ़ कुलाँचे भरने का अर्थ!

पार्ट-टाइम बोलर

आँकड़ों पर मत जाइए
वे अधूरे होते हैं अपने सच के सामने
सच है कि मैंने किसी को बाहर नहीं किया
उससे भी बड़ा सच यह है कि
मैंने प्रतिपक्षी को कई बार छकाया
और खामोश रहने पर मजबूर किया

कैच किसी और के पास उछले
वह उन्हें सँभाल नहीं सका
यहाँ भी मैं अकेला पड़ गया
अपने साथियों के लिए मैंने पूरा काम किया
उन्हें मैं जिता नहीं सका
पर विजेता से जीत इतनी दूर धकेल दी मैंने
कि पराजय को अर्थ मिला

मैंने उनके बेहतरीन बल्लेबाजों को कई बार मात दी
उनकी लचीली कलाईयाँ
और चुस्त क़दम उनके काम नहीं आए
उनकी कमर नहीं तोड़ सका
लेकिन मुझे झेलते हुए उनकी कमर जरूर अकड़ गई

मेरी मेहनत इसलिए भी बड़ी है कि
मैं लगातार करता रहा
उनकी कोशिश यही थी कि मैं सफल न हो सकूँ
मेरा पसीना बहा, वे भी तरबतर हुए

अनियमित जीवन के टुकड़ों में बँटे किसी आदमी से
इससे ज्यादा क्या चाहते हैं आप
कोई नियम उस पर लागू नहीं होता
बेकार है सारे क़ायदे

सच है कि शिकार करने
और शिकार होने के आँकड़े ही सामने आते हैं
लेकिन कहीं न कहीं यह भी मिल जाता है
कि कोई और भी है इस सबके पीछे
जिसे आँकड़े सामने नहीं लाते
और दैनिक इतिहास भुला देता है जिसे...

अन्तिम खिलाड़ी

अन्तिम खिलाड़ी टीम को सम्पूर्ण करता है
मुझसे पहले जो आए वे बेहतर रहे होंगे
मैं भी अपनी जगह जरूरी हूँ

यह जगह का प्रश्न नहीं
उस जगह किए गए काम का है
अन्त में थोड़ा-सा भी बेहतर कोई कर दे
तो सबको याद रह जाता है
लेकिन लोग ग़लत तरीके से याद रखते हैं

जल्दी भुला देते हैं अच्छे किए हुए को
मामूली गलती को भी भूलने नहीं देते

मुझे याद है मैंने नहीं चुनी अपनी यह जगह
इसी मैं अच्छा लगता रहा मुझे कि
हम सबसे बेहतर और भी हैं कई
जिनकी नहीं होती कोई भी जगह

जगह जो मैंने हासिल की
उसमें इतना कर सकूँ कि
लगे अपनी जगह पर मैं ग़लत नहीं हूँ

खेलने वाले भी हम हैं
खिलाने वाले भी
पर यह सोच मुझे अधूरा नहीं रहने देती

कि किसी भी जगह खेलो
अच्छा खेलो
अच्छा खेलकर सोचो कि
कल इससे भी अच्छा खेलना है

नहीं तो हम सबसे बड़ा है खेल
और हम कहाँ के खिलाड़ी हैं
उसके बिना

कि किसी भी जगह खेलो
अच्छा खेलो
अच्छा खेलकर सोचो कि
कल इससे भी अच्छा खेलना है

नहीं तो हम सबसे बड़ा है खेल
और हम कहाँ के खिलाड़ी हैं
उसके बिना

सबसे पहले

मैं एक मनुष्य हूं
शरीर के लिए मेरा जन्म नहीं हुआ
जिसका नष्ट होना तय है वह मेरी इच्छा क्योंकर होगा

हिमालय होना शायद है कोई
कोई हवा को [illegible] का दावा करता है
मैं स्वयं एक दिशा हूं
मैं उन सबकी [illegible] हूं जो मुझे देखते हैं
[illegible]
[illegible]
[illegible]

[illegible]
[illegible]
[illegible]
[illegible]
[illegible]
[illegible]
[illegible]
[illegible]
[illegible]
[illegible]

[illegible]
[illegible]